Brunor & Dominique Bar

Bernadette

AFFAIRE NON CLASSÉE

EDIFA
MAME

Bernadette disait :
« Ce qu'on écrira de plus simple sera le meilleur...
À force de fleurir les choses, on les dénature. »

C'est pourquoi la plupart des propos de cette histoire sont authentiques et viennent des documents officiels des enquêtes de l'époque.

Scénario : Brunor - Dessins : Dominique Bar - Couleurs : Géraldine Gilles

Conception graphique : Cynthia Lacroix

Photogravure : SNO Photogravure
Imprimé en France par Jean-Lamour - Groupe Qualibris en juillet 2008
Dépôt légal : septembre 2007
ISBN EDIFA : 978-2-9163-5022-6 ISBN MAME : 978-2-7289-1248-3

QU'EST-CE QUE C'EST QUE CETTE HISTOIRE ?
CROYEZ-MOI BRIGADIER, ÇA NE VA PAS DURER !
POURTANT, ÇA S'AMPLIFIE, COMMISSAIRE !
IL EST HORS DE QUESTION QUE LOURDES DEVIENNE LA RISÉE DU CANTON !
SAUF VOTRE RESPECT, C'EST DÉJÀ LE CAS !
IL SUFFIT QUE JE M'ABSENTE UNE SEMAINE POUR QU'IL SE PASSE DES... DES ÉVÉNEMENTS !

NOUS NE SOMMES PLUS AU MOYEN AGE, QUAND MÊME ! NOUS SOMMES BIEN EN 1858, BRIGADIER ? ...PINCEZ-MOI SI JE RÊVE !
ALORS, EXPLIQUEZ-MOI QUELLE MOUCHE A PIQUÉ CETTE BOURGADE DE LOURDES, SOUS CHEF-LIEU DE CANTON DE 3000 ÂMES !...
... POUR QUE DES GENS SE PRÉCIPITENT PAR CENTAINES À LA GROTTE AUX COCHONS À LA SUITE D'UNE FILLETTE ?
...ET RÉCITENT DES PRIÈRES PENDANT DES HEURES !!!
EUH !
ET VOUS ME DITES QUE C'EST LA FILLE SOUBIROUS QUI EST À L'ORIGINE DE TOUT ÇA! EN PLUS! ATTENDEZ BRIGADIER...C'EST BIEN LA FILLE DE CE TYPE QUI A FAIT 8 JOURS DE PRISON L'HIVER DERNIER?
BAH, UN PAUVRE MEUNIER DEVENU CHÔMEUR...LES NUITS ÉTAIENT RUDES, IL A ÉTÉ SOUPÇONNÉ D'UN VOL DE DEUX SACS DE FARINE.
IL ÉTAIT INNOCENT, MAIS EN PERQUISITIONNANT CHEZ LUI, ON A TROUVÉ UNE POUTRE...
AHA! UNE POUTRE? DONC UN VOL !
NI VOL, NI LARCIN ! LA POUTRE ÉTAIT ABANDONNÉE SUR LA CHAUSSÉE, LE PROCUREUR A ORDONNÉ LA LIBÉRATION DU CHÔMEUR !
NOUS VOILÀ ARRIVÉS !
8 JOURS DE PRISON ! POUR RIEN !! IL NE FAIT PAS BON ÊTRE PAUVRE DANS CE PAYS !
DEMAIN, J'INTERROGE LA FILLE, HEU... COMMENT DÉJÀ ?
BERNADETTE. DEMAIN ? MAIS... C'EST DIMANCHE !!!
URGENCE ! IL Y A URGENCE, BRIGADIER !
2

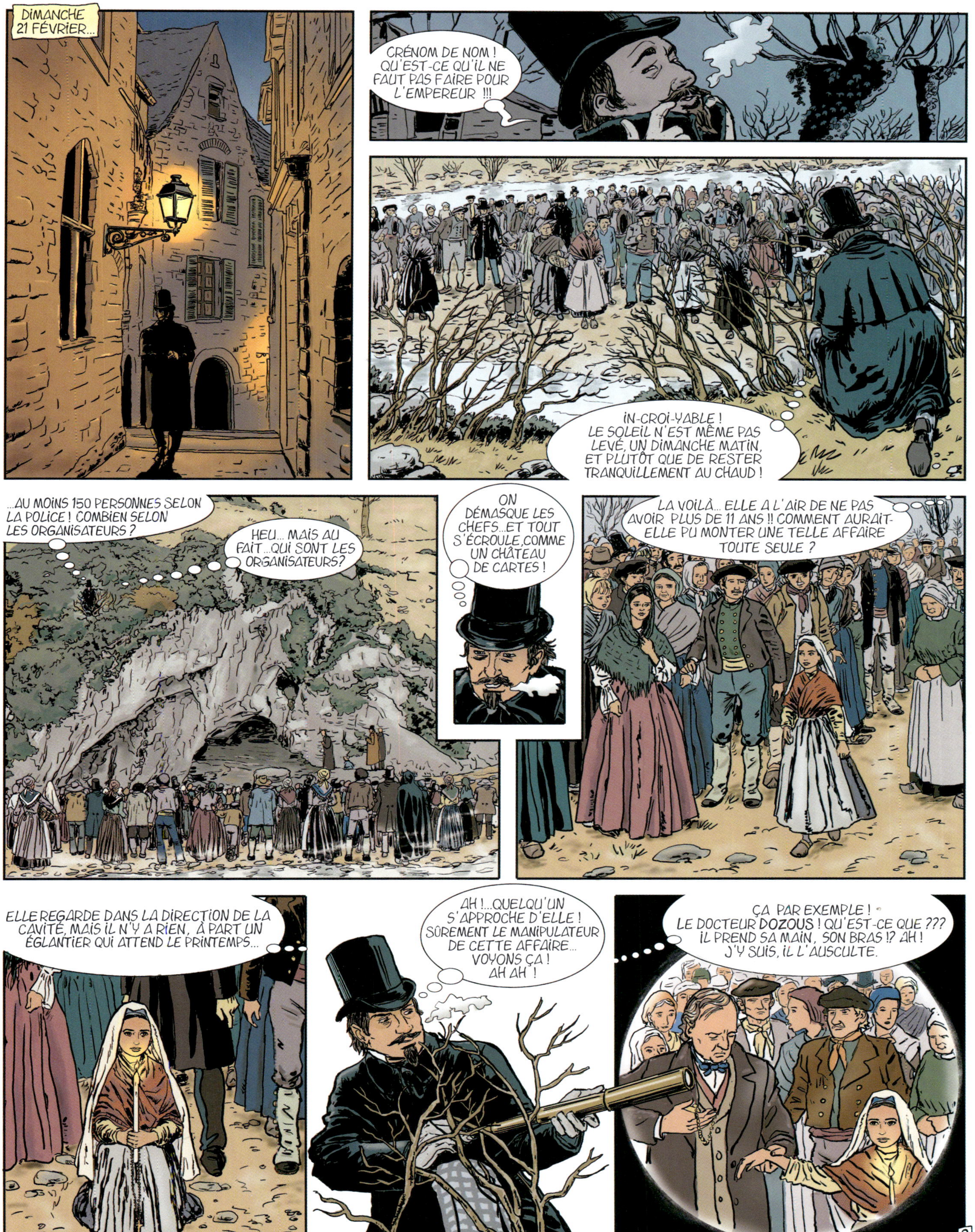
DIMANCHE 21 FÉVRIER...
CRÉNOM DE NOM ! QU'EST-CE QU'IL NE FAUT PAS FAIRE POUR L'EMPEREUR !!!
IN-CROI-YABLE ! LE SOLEIL N'EST MÊME PAS LEVÉ, UN DIMANCHE MATIN, ET PLUTÔT QUE DE RESTER TRANQUILLEMENT AU CHAUD !
...AU MOINS 150 PERSONNES SELON LA POLICE ! COMBIEN SELON LES ORGANISATEURS ?
HEU... MAIS AU FAIT... QUI SONT LES ORGANISATEURS?
ON DÉMASQUE LES CHEFS... ET TOUT S'ÉCROULE, COMME UN CHÂTEAU DE CARTES !
LA VOILÀ... ELLE A L'AIR DE NE PAS AVOIR PLUS DE 11 ANS !! COMMENT AURAIT-ELLE PU MONTER UNE TELLE AFFAIRE TOUTE SEULE ?
ELLE REGARDE DANS LA DIRECTION DE LA CAVITÉ, MAIS IL N'Y A RIEN, À PART UN ÉGLANTIER QUI ATTEND LE PRINTEMPS...
AH !... QUELQU'UN S'APPROCHE D'ELLE ! SÛREMENT LE MANIPULATEUR DE CETTE AFFAIRE... VOYONS ÇA ! AH AH !
ÇA PAR EXEMPLE ! LE DOCTEUR DOZOUS ! QU'EST-CE QUE ??? IL PREND SA MAIN, SON BRAS !? AH ! J'Y SUIS, IL L'AUSCULTE.
3

VOILÀ LE SOLEIL... J'EN AI ASSEZ VU ET JE NE TIENS PAS À ÊTRE RECONNU ICI !
TIENS ! JE N'AI PAS VU LE CURÉ À LA GROTTE... CE PEYRAMALE POURRAIT BIEN ÊTRE L'INSTIGATEUR DE TOUT ÇA.
DES BONDIEUSERIES, DES PRIÈRES ! UNE AUBAINE POUR LUI !
MONSIEUR LE COMMISSAIRE ! VOUS ÊTES DE RETOUR !
AH, MONSIEUR LE DOYEN ! JE SOUHAITAIS JUSTEMENT VOUS VOIR !!
DITES-MOI MONSIEUR LE DOYEN, LEQUEL DE VOS COLLÈGUES ORGANISE DES PRIÈRES À LA GROTTE ? AU MOINS 150 PERSONNES À L'AUBE !
ÇA MARCHE BIEN LES AFFAIRES DE LA RELIGION ICI !
CHUT ! MOINS FORT !
?
VENEZ PAR ICI !!
UNE CALAMITÉ, OUI !!!
COMMENT ÇA ??
JE NE VOUS COMPRENDS PAS ! IL Y A PLUS DE MONDE À LA GROTTE QU'À VOTRE MESSE ! ILS FONT DES PRIÈRES ET ÇA NE VOUS PLAIT PAS ??
MAIS... NOUS N'Y SOMMES POUR RIEN !
...ET C'EST BIEN ÇA LE PROBLÈME. UNE TELLE SITUATION EXIGE DE LA PRUDENCE.
4

JE RÉCAPITULE : DEPUIS 10 JOURS, CETTE PETITE PRÉTEND VOIR " LA SAINTE VIERGE "...
OUI : ENFIN... NON...
QUOI ? OUI OU NON ?
DE GRÂCE, PARLEZ PLUS BAS !
ELLE NE DIT PAS QUE C'EST LA SAINTE VIERGE, ELLE DIT : UNE FILLE, UNE DAME EN BLANC...
AU DÉBUT, ELLE DISAIT "CELA" !
? ? "CELA" ? ?
OUI : "AQUERO" EN PATOIS, C'EST LA SEULE LANGUE QU'ELLE PARLE.
ELLE NE...
ELLE NE PARLE PAS LE FRANÇAIS ?
PAS UN MOT !
ELLE DIT "AQUERO" ! MAIS ALORS, QUI PRÉTEND QUE C'EST LA "SAINTE VIERGE" ?
HEU... DES GENS... QUI SE CROIENT À LA SALETTE, OÙ DES APPARITIONS ONT EU LIEU IL Y A 12 ANS, OU MÊME À PARIS, DEPUIS PLUS DE 20 ANS...
DES APPARITIONS ? TIENS, TIENS...
LES CATHOLIQUES NE SONT PAS TENUS D'Y CROIRE, MAIS L'ÉGLISE A RECONNU QU'IL Y AVAIT EU UNE INTERVENTION DU CIEL.
AH ? ET COMMENT LE SAIT-ELLE, L'EGLISE ?
L'ARCHEVÊQUE DE PARIS, A PERMIS DE FAIRE UNE PETITE MÉDAILLE REPRÉSENTANT LA VIERGE MARIE ET COMME ELLE A SUSCITÉ DE NOMBREUSES GUÉRISONS, LES GENS L'ONT APPELÉE LA " MÉDAILLE MIRACULEUSE ". MAIS L'EGLISE FAIT TOUJOURS UNE ENQUÊTE TRÈS SÉVÈRE ET....
JUSQU'À NOUVEL ORDRE, L'ENQUÊTE, ICI, C'EST MOI QUI M'EN OCCUPE. VOUS AVEZ VU QUELQUE CHOSE À LA GROTTE, VOUS ?
ÇA NE RISQUE PAS ! JE N'Y VAIS PAS !
5

* NAPOLÉON III

PAS D'EXPLOSIFS, BIEN ENTENDU ! MAIS UNE MACHINATION... CERTAINEMENT ! UNE SORTE DE BOMBE À RETARDEMENT... VIGILANCE...
TIENS, TIENS ! ON DIRAIT... LA PETITE JEANNE ABADIE !
ALORS JEANNETTE, ENCORE EN TRAIN DE COMPLOTER ?
ON ALLAIT JUSTE CHERCHER DU BOIS !
HUM ! OUI, TOUJOURS DU BOIS ! DIS-MOI JEANNETTE, ON M'A DIT QUE TU ÉTAIS AVEC BERNADETTE, HEU... LA PREMIÈRE FOIS.
...HEU OUI ; MAIS JE N'AI RIEN VU, MOI !!
TU VAS ME RACONTER TOUT ÇA !
HUM ! UN INTERROGATOIRE ICI EST MOINS INTIMIDANT POUR LES SUSPECTS, MAIS LÀ JE N'AI PAS BESOIN DE L'AUTORISATION DES PARENTS !
7

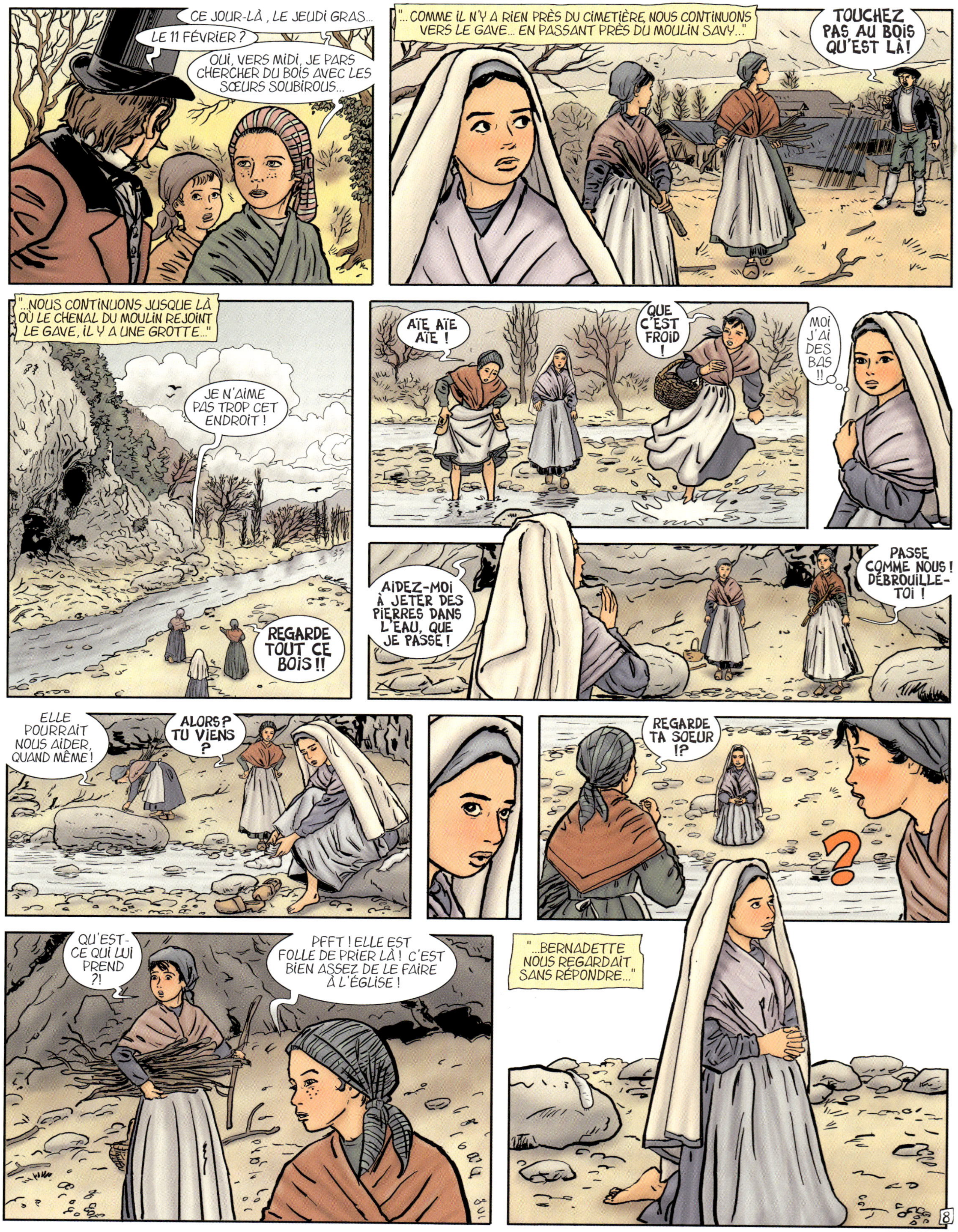
CE JOUR-LÀ, LE JEUDI GRAS...
LE 11 FÉVRIER ?
OUI, VERS MIDI, JE PARS CHERCHER DU BOIS AVEC LES SŒURS SOUBIROUS...
"...COMME IL N'Y A RIEN PRÈS DU CIMETIÈRE, NOUS CONTINUONS VERS LE GAVE... EN PASSANT PRÈS DU MOULIN SAVY..."
TOUCHEZ PAS AU BOIS QU'EST LÀ !
"...NOUS CONTINUONS JUSQUE LÀ OÙ LE CHENAL DU MOULIN REJOINT LE GAVE, IL Y A UNE GROTTE..."
JE N'AIME PAS TROP CET ENDROIT !
REGARDE TOUT CE BOIS !!
AÏE AÏE AÏE !
QUE C'EST FROID !
MOI J'AI DES BAS !!
AIDEZ-MOI À JETER DES PIERRES DANS L'EAU, QUE JE PASSE !
PASSE COMME NOUS ! DÉBROUILLE-TOI !
ELLE POURRAIT NOUS AIDER, QUAND MÊME !
ALORS ? TU VIENS ?
REGARDE TA SOEUR !?
?
QU'EST-CE QUI LUI PREND ?!
PFFT ! ELLE EST FOLLE DE PRIER LÀ ! C'EST BIEN ASSEZ DE LE FAIRE À L'ÉGLISE !
"...BERNADETTE NOUS REGARDAIT SANS RÉPONDRE..."
8

NOUS AVONS CONTINUÉ NOTRE CUEILLETTE VERS L'AVAL ET NOUS SOMMES REVENUES AVEC UNE BONNE PROVISION...
"...VOUS DANSIONS DANS LA GROTTE, À L'ABRI DE LA BRUINE, POUR NOUS RÉCHAUFFER..."
"...BERNADETTE S'EST MISE À TRAVERSER SANS PROBLÈME..."
VOUS N'AVEZ RIEN VU ?
NON !
POURQUOI ?
?!?!
VOUS ÊTES DES FARCEUSES ! L'EAU N'EST PAS FROIDE DU TOUT !
VOUS N'AVEZ VRAIMENT RIEN VU ?
ET TOI, QU'EST-CE QUE TU AS VU ?
ALORS RIEN !!
ELLE N'A RIEN VU, MAIS ELLE N'A PAS VOULU RAMASSER DE BOIS !
MONSIEUR, JE PRÉFÉRAIS GRIMPER QUE DE RETRAVERSER L'EAU GLACIALE !!
9

ELLE AVAIT VU QUOI ?
JE NE SAVAIS PAS : JE SUIS RENTRÉE TOUTE SEULE.
MAIS APRÈS, JE SUIS REPASSÉE CHEZ ELLE, AU CACHOT.
L'ANCIENNE PRISON ?
OUI, C'EST LÀ QU'ILS HABITENT, DEPUIS UN AN...
"...TOINETTE VENAIT DE DIRE À SA MÈRE :"...
BERNADETTE A VU UNE FILLE BLANCHE DANS LA GROTTE.
HEIN !
TU AS VU QUOI ? TU AS VU QUOI ?
DU BLANC !
UNE PIERRE BLANCHE ! TU N'AS VU QU'UNE PIERRE BLANCHE ! JE T'INTERDIS D'Y RETOURNER !
EUH... J'AI RÉUSSI À VENDRE LE PETIT BOIS: ON VA ACHETER UNE LIVRE DE PAIN !
ET PUIS VOUS EN AVEZ PARLÉ À TOUT LE MONDE ...
UNIQUEMENT À LA RÉCRÉATION : C'EST COMME DANS LES LÉGENDES, LES CONTES DE FÉES, IL Y A DES "DAMES BLANCHES" !
ET QUI VOUS L'A RACONTÉE CETTE LÉGENDE, CE N'EST PAS MONSIEUR LE CURÉ ?
OH NON ! ...IL N'AIME PAS ÇA DU TOUT !
ALLEZ, FILEZ !
OUF ! IL NE M'A RIEN DEMANDÉ POUR L'HISTOIRE DE LA GROSSE PIERRE !!
IL T'AURAIT MISE EN PRISON ! C'EST SÛR !
10

BIEN... À TON TOUR BERNADETTE !!
DES CONTRADICTIONS ! VOILÀ LA RÉPONSE AUX AGITATEURS : METTRE EN ÉVIDENCE LES CONTRADICTIONS ENTRE LES TÉMOINS !
CE QUI AMÈNERA À DÉMASQUER LES ORGANISATEURS...
GARDE CHAMPÊTRE, ALLEZ ME CHERCHER LA PETITE SOUBIROUS ET AMENEZ-LA CHEZ MOI !
HUM ... LA LOI DE SÛRETÉ GÉNÉRALE EST ADOPTÉE PAR L'ASSEMBLÉE À 227 VOIX CONTRE 24...
NAPOLÉON III ENTEND, GRÂCE À CETTE LOI, INTERNER OU EXPULSER TOUTE PERSONNE AYANT DÉJÀ SUBI DES CONDAMNATIONS POLITIQUES
TOC TOC
ENTREZ !
VOICI LA FILLE EN QUESTION.
BIEN, BIEN !
VOICI DONC NOTRE COMPLOTEUSE...
ELLE EST BIEN PETITE POUR SES 14 ANS !!
HUM ! ELLE CACHE BIEN SON JEU !
TOI, ON VA TE FAIRE VOIR LA PRISON !!!
11

ALORS, IL PARAIT QUE TU VOIS UNE DAME À LA GROTTE DE MASSABIELLE ? RACONTE-MOI ÇA ...
ENTREZ MONSIEUR LE RECEVEUR DES CONTRIBUTIONS INDIRECTES !
MA CHÈRE SŒUR, NOUS AVONS DE LA CHANCE D'HABITER À L'ÉTAGE AU-DESSUS !
REPRENONS !
À MASSABIELLE... À PEINE J'AVAIS ÔTÉ LE PREMIER BAS POUR PASSER L'EAU, QUE J'AI ENTENDU UN BRUIT COMME UN GRAND COUP DE VENT...
"...ALORS, J'AI TOURNÉ LA TÊTE DU CÔTÉ DE LA PRAIRIE. LES ARBRES NE REMUAIENT PAS DU TOUT..."
"...J'AI CONTINUÉ À ME DÉCHAUSSER : ENCORE LE MÊME BRUIT. JE LEVAIS LA TÊTE EN REGARDANT LA GROTTE, L'ÉGLANTIER REMUAIT PRÈS DE LA PETITE CAVITÉ SOMBRE..."
?
UNE LUMIÈRE A COMMENCÉ À L'ILLUMINER ET J'AI VU UNE FILLE HABILLÉE DE BLANC. UNE FILLE...
UNE FILLE DE QUEL ÂGE ?
DU MÊME ÂGE QUE MOI, 14 ANS.
ELLE AVAIT UNE ROBE BLANCHE, ET UNE CEINTURE BLEUE... ET UNE ROSE JAUNE SUR CHAQUE PIED, COULEUR DE LA CHAINE DE SON CHAPELET À GRAINS BLANCS...
12

ELLE PORTAIT SUR SA TÊTE UN VOILE BLANC, ON VOYAIT À PEINE SES CHEVEUX.
JE ME FROTTAIS LES YEUX, JE CROYAIS ME TROMPER...J'AI EU UN PEU PEUR, MAIS PAS COMME POUR FUIR...
JE TROUVAIS MON CHAPELET DANS MA POCHE, JE VOULAIS FAIRE LE SIGNE DE CROIX, MAIS JE N'AI PAS PU LEVER MA MAIN.
LA FILLE FIT LE SIGNE DE LA CROIX !!
ALORS J'AI ESSAYÉ ENCORE, ET J'Y ARRIVAIS...
ELLE FAISAIT COURIR LES GRAINS DE SON CHAPELET MAIS ELLE NE REMUAIT PAS LES LÈVRES !!
À LA FIN, ELLE ME FIT SIGNE D'APPROCHER, MAIS JE N'AI PAS OSÉ !
"...ELLE DISPARUT TOUT D'UN COUP...
13

TOUT CELA EST TRÈS BIEN. N'EST-CE PAS MONSIEUR ESTRADE? MAIS QUI EST CETTE DAME ? LA CONNAIS-TU ?
JE NE LA CONNAIS PAS.
TU DIS QU'ELLE EST BELLE...
OH, OUI !
PLUS BELLE QUE MADAME PAILHASSON, QUE TU CONNAIS À LOURDES ?... PLUS BELLE QUE MLLE DUFO ?
OH OUI ! ...ELLES NE PEUVENT PAS Y FAIRE !
BOM BOM
LAISSEZ-LA SORTIR !!
OUVREZ !!
OUVREZ CETTE PORTE !!
SI VOUS NE LA LAISSEZ PAS SORTIR, NOUS ENFONÇONS LA PORTE !
MAIS CETTE DAME AGIT-ELLE, PARLE-T-ELLE, OU BIEN DEMEURE-T-ELLE À SA PLACE COMME UNE STATUE D'ÉGLISE ?
OH ! ELLE REMUE, SOURIT ET PARLE COMME NOUS. LA TROISIÈME FOIS, ELLE M'A PARLÉ : " VOULEZ-VOUS AVOIR LA GRÂCE DE VENIR ICI PENDANT 15 JOURS ? "
BOUM BOUM
QU'AS-TU RÉPONDU ?
J'AI PROMIS QUE J'Y REVIENDRAI !
ET TES PARENTS, QU'EN DISENT-ILS ?
AU COMMENCEMENT, ILS DISAIENT QUE C'ÉTAIENT DES ILLUSIONS...
ILS AVAIENT RAISON !
BOM BOM
JE SUIS SÛRE QUE JE NE ME TROMPE PAS !
14

BOM BOM
ÉCOUTE, SI LA DAME DU ROCHER ÉTAIT UNE PERSONNE COMME LES AUTRES, TOUT LE MONDE POURRAIT LA VOIR ET L'ENTENDRE. POURQUOI ES-TU LA SEULE ?
MONSIEUR, JE NE PEUX PAS VOUS EXPLIQUER CES CHOSES-LÀ. CE QUE JE PEUX DIRE, C'EST QUE LA DAME EST VIVANTE ET QUE JE L'AI VUE.
BOM BOM
BON, JE VAIS RÉCAPITULER.
BOM BOM
VOUS ALLEZ VOIR COMME ELLE VA SE CONTREDIRE...EN MOINS DE 30 SECONDES !
TU AS DIT QUE LA DAME ÉTAIT ÂGÉE DE 19 ANS ?
NON, J'AI DIT 14, 15 ANS !
AH ! PEUT-ÊTRE... CETTE DAME ÉTAIT REVÊTUE D'UNE ROBE BLEUE ET D'UNE CEINTURE BLANCHE, ET...
VOUS AVEZ MAL ENTENDU. IL FAUT METTRE: UNE ROBE BLANCHE ET UNE CEINTURE BLEUE.
JE CONNAISSAIS TON HISTOIRE, BERNADETTE. C'EST DE LA PURE INVENTION. ET JE SAIS QUI TE L'A APPRISE !
BOM BOM
JE NE VOUS COMPRENDS PAS !
QUOI ? PERSONNE NE T'A CONSEILLÉ EN SECRET DE DIRE QUE LA VIERGE T'APPARAISSAIT À MASSABIELLE ?
BOM BOM
NON, MONSIEUR !!
TU VAS ME PROMETTRE DE NE PLUS RETOURNER À LA GROTTE.
BOUM BOUM
NON, MONSIEUR. JE NE VOUS LE PROMETS PAS. J'AI DIT À LA DAME QUE J'Y REVIENDRAI.
AH OUI ? EH BIEN, SI TU NE PROMETS PAS, MOI J'ENVOIE CHERCHER LES GENDARMES ET JE TE FAIS METTRE EN PRISON !
BOM BOM
15

VOYONS BERNADETTE ! NE T'OBSTINE PAS ! RECONNAIS QUE TU AS PU TE TROMPER ! PROMETS DE NE PLUS Y RETOURNER !
VOUS N'AVEZ PAS LE DROIT DE L'INTERROGER SANS SES PARENTS !
LAISSEZ-LA SORTIR !!
QUE VOULEZ-VOUS ?
JE... JE SUIS SON PÈRE.
AH ! C'EST VOUS ! J'ALLAIS JUSTEMENT VOUS ENVOYER CHERCHER !
CETTE COMÉDIE DOIT FINIR ! ELLE EN A ASSEZ QU'ON LA FORCE D'ALLER LÀ-BAS !
QU'ON LA FORCE ?! MAIS ?!
ELLE A DIT, EN PLEURANT : "DITES À PAPA ET MAMAN D'ARRÊTER DE M'OBLIGER À ALLER À LA GROTTE !"
MAIS NON !! AU CONTRAIRE : NOUS LUI INTERDISONS !
DEPUIS 4 JOURS, NOTRE MAISON NE DÉSEMPLIT PAS, ET NOUS NE SAVONS COMMENT RENVOYER LES CURIEUX.
ÉCOUTEZ SOUBIROUS, VOUS N'AVEZ PAS L'INTENTION DE RETOURNER EN PRISON ? ALORS, NE RENVOYEZ PLUS VOTRE FILLE LÀ-BAS !
JE VOUS FAIS SORTIR PAR L'ARRIÈRE !!
MA FEMME ET MOI, NOUS N'EN POUVONS PLUS... NOUS ...NOUS VEILLERONS À CE QU'ELLE N'AILLE PLUS DU CÔTÉ DE MASSABIELLE...
VOILÀ ! C'EST ÇA !!
PFFF !!
16

HUMPF ! QUELLE HISTOIRE !
SAVEZ-VOUS QUE LE RÉCIT DE CETTE ENFANT EST BIEN ÉTONNANT ?
IL N'EST PAS D'ELLE, IL EST TROP BIEN...LIMÉ !
LIMÉ ?
JARGON POLICIER...HUM... TROP BIEN CONSTRUIT !
CE QU'ELLE A VU, OU...CRU VOIR, EST ENCORE SOUS SES YEUX...
PAS DU TOUT ! ELLE RÉCITE.
VOUS CROYEZ DONC QU'UNE PETITE PAYSANNE RÉCITERAIT DE CETTE FAÇON ET AVEC TANT DE CONVICTION ?
AHA ! MON CHER VOISIN, ON VOIT BIEN QUE VOUS N'ÊTES PAS DE LA POLICE !
IL FAUDRA LA SURVEILLER, POUR LA FORME ...MAIS DÉSORMAIS ELLE N'OSERA JAMAIS Y RETOURNER ! VOUS ALLEZ VOIR.
LE LENDEMAIN APRÈS-MIDI...
POSTES IMPERIALES
?
COMMISSAIRE! ELLE Y EST RETOURNÉE !
NOM DE NOM DE NOM DE NOM !
CE MATIN, ELLE EST ALLÉE À L'ÉCOLE, MAIS APRÈS LE REPAS CHEZ ELLE...
"...LA VOILÀ QUI CHANGE DE CHEMIN..."
EH OÙ VAS-TU TOI?
À LA GROTTE !!
17

NOUS L'AVONS ACCOMPAGNÉE...
GRMBLL! QUOI ?? VOUS L'AVEZ...HUM. VOUS AVEZ VU QUELQUE CHOSE ?
RIEN, COMMISSAIRE, MAIS ... ELLE NON PLUS !!
AHA!! LA DAME A DONC PEUR DES GENDARMES !! BRAVO DUPRÉ ! EXCELLENT !
LA VOILÀ LA SOLUTION : L'UNIFORME ! LE PRESTIGE DE L'UNIFORME !
LE PROCUREUR IMPÉRIAL DUTOUR L'INTERROGE EN CE MOMENT, ÇA VA ACHEVER DE L'INTIMIDER.
CROIS-MOI EMILIE, D'ICI 2 JOURS, TOUT SERA RENTRÉ DANS L'ORDRE, À LOURDES !
MA SŒUR ÉTAIT À LA GROTTE, TOUT À L'HEURE ...
AH ! ELLE AUSSI ?
"...LA FILLE SEMBLAIT TOUTE SEULE MALGRÉ LES DEUX GENDARMES ET LES 250 CURIEUX..."
GRMBLL!! ELLE VA BIENTÔT SE SENTIR VRAIMENT TRÈS SEULE !
18

ET SI LES GENS DU MOULIN SAVY ÉTAIENT COMPLICES ? MÊME MÉTIER QUE LE FRANÇOIS SOUBIROUS...
...HUM... LA CONSPIRATION DES MEUNIERS ???
VOILÀ ! AHAH! ...LA CONSPIRATION DES MEUNIERS !
DIS DONC MEUNIER... VOILÀ UNE AFFAIRE QUI AMÈNE PAS MAL DE CLIENTS JUSQU'À TON ENTREPRISE ! HEIN ?
?!?
PLUTÔT BIEN DES SOUCIS... PAR MOMENTS, IMPOSSIBLE DE PASSER AVEC LE MULET. TROP DE MONDE !
RACONTE-MOI CE QUE TU SAIS...
LE DIMANCHE 14, MA MÈRE ET MA SŒUR ONT ENTENDU DES CRIS VERS LA GROTTE. ON Y VA. IL Y AVAIT 5 OU 6 FILLES DE L'ÉCOLE DES PAUVRES, PANIQUÉES. JE TROUVAIS ÇA BIEN DRÔLE
!?
BERNADETTE !!
"...ELLE ÉTAIT COMME UNE STATUE !..."
BERNADETTE, RÉVEILLE-TOI!
?! QUEL VISAGE !
ET PUIS ELLE PESAIT UN POIDS !!! J'AI RÉUSSI PÉNIBLEMENT À LA DÉPLACER JUSQU'AU MOULIN...LÀ, ELLE A FINI PAR SE "RÉVEILLER".
ON ÉTAIT VENUES AVEC DE L'EAU BÉNITE POUR SAVOIR SI CE N'ÉTAIT PAS LE DIABLE...
ET IL Y A EU UN ÉNORME BRUIT ! C'ÉTAIT AFFREUX !
ON S'EST ENFUIES EN CRIANT: LE DIABLE ! LE DIABLE !
"...C'ÉTAIT JEANNETTE, ELLE AVAIT LANCÉ UNE GROSSE PIERRE, POUR FAIRE UNE FARCE, ET LE BRUIT AVAIT RÉSONNÉ DANS TOUTE LA GROTTE !..."
HIHIHI !
ET BERNADETTE ?
ELLE N'A PAS BOUGÉ, ELLE N'A RIEN ENTENDU, ABSORBÉE, ELLE SOURIAIT... SI HEUREUSE...
LE VISAGE DE BERNADETTE ! ...JE N'AVAIS JAMAIS RIEN VU DE PAREIL !
19

LE LENDEMAIN, MARDI 23 FÉVRIER...
"LE VISAGE DE BERNADETTE" ? IL N'A RIEN DE SPÉCIAL, POURTANT... DONC ÇA COMMENCE LE JEUDI 11 FÉVRIER. NICOLAU C'EST LE DIMANCHE 14, C'EST À DIRE LA 2E FOIS. PUIS JEUDI 18, C'EST LA 3E..
ALORS ? NE ME DITES PAS QUE LA "DAME" EST REVENUE ? ÇA RECOMMENCE MALGRÉ LES GENDARMES ??
600 PERSONNES... LA PETITE A DIT QU'ELLE A JUSTE REÇU 3 SECRETS RÉSERVÉS POUR ELLE.
600 PERSONNES ET DES "SECRETS" POUR ELLE TOUTE SEULE ! LES FOULES VONT SE LASSER !
OÙ VEULENT-ILS EN VENIR ? C'EST UN CONCOURS ? IL Y A UN NOMBRE À ATTEINDRE ? 800 ? MILLE ? DEUX MILLE ? LE MILLION ?
À LOURDES ?.. SOUS CHEF-LIEU DU CANTON ! IMPENSABLE ! MAIS JE DOIS VOUS AVOUER QUE JE SUIS TROUBLÉ...
VOUS N'ALLEZ PAS VOUS Y METTRE, VOUS AUSSI ! MAIS VOUS Y ÊTES ALLÉ !
OUI, POUR FAIRE PLAISIR À MA SŒUR ! JE PENSAIS NE TROUVER À LA GROTTE QU'UNE MAUVAISE COMÉDIE... LE HASARD ME PLAÇA À CÔTÉ DE BERNADETTE... ELLE ARRIVE, SE MET À GENOUX SANS TROUBLE...
ELLE COMMENCE À PRIER... ET SOUDAINEMENT TRANSFORMÉE : BERNADETTE N'EST PLUS BERNADETTE !
SON SOURIRE... AH QUEL SOURIRE ! QUELLE JUBILATION ! !
ELLE EST PLUS BELLE QUE MLLE RACHEL, LA CÉLÈBRE TRAGÉDIENNE.
RIEN QUE ÇA ?
JE VOUS ASSURE !!
BON, BON : DEMAIN J'IRAI VOIR ÇA MOI-MÊME !
20

LE LENDEMAIN 24 FÉVRIER...
TIENS... ESTRADE EST LÀ AUSSI, AVEC SA SŒUR ET MLLE LACRAMPE...
...LE DOCTEUR DOZOUS AUSSI...
LE PROCUREUR DUTOUR A ENCORE MENACÉ LA PETITE D'ALLER EN PRISON... ELLE NE VIENDRA PAS.
...SACREBLEU ! LA REVOILÀ !
ELLE SALUE, ON A VRAIMENT L'IMPRESSION QU'ELLE VOIT QUELQUE CHOSE...
...MAIS QUOI ?
ESTRADE AVAIT RAISON...
SON VISAGE EST COMME ...ENSOLEILLÉ ! ...ELLE DEVIENT ...RAVISSANTE...
ON DIRAIT QU'ELLE ÉCOUTE ATTENTIVEMENT... ELLE FAIT OUI, DE LA TÊTE...
...ELLE FAIT NON. TIENS MAIS... ?!
MILLEBLEU ! ELLE SE MET À RIRE !
OH ! SA VOISINE VIENT DE S'ÉVANOUIR.
UNE FARCE ? ELLE EMBRASSE LE SOL !
MA TANTE, N'AYAT PAS PÈNE !
21

COMMISSAIRE ! VOUS ÉTIEZ LÀ ? VOUS AVEZ VU CE SOURIRE ?
HUM... ELLE A DÛ REMARQUER QUE JE LA SURVEILLAIS, ÇA S'EST FINI EN QUEUE DE POISSON !!
JE VOUS OFFRE UN VERRE ?
ÇA NOUS RÉCHAUFFERA UN PEU, QUEL FROID !
DES SUPERCHERIES, MON CHER AMI !!
...ÉCOUTEZ CE QUE DIT LE LAVEDAN : " SUPERCHERIES À LA GROTTE AUX COCHONS..."
LES JOURNALISTES ! ON NE LES A PAS VUS CE MATIN !
...ÇA NE LEUR AURAIT PAS FAIT DE MAL : LA PETITE A PARLÉ DE PÉNITENCE !
PÉNITENCE ? HOHOHO ! ET ÇA VEUT DIRE QUOI ÇA : PÉNITENCE ? LE RETOUR À L'OBSCURANTISME ? HA HA HA !
22

EH BIEN, CE VIEUX GRINCHEUX INCRÉDULE POSAIT LA BONNE QUESTION...
MMMH ? QUELLE QUESTION ?
LA PÉNITENCE, C'EST QUOI, EXACTEMENT ?
...ET POURQUOI BERNADETTE RIAIT-ELLE, JUSTE AVANT DE RÉPÉTER CE MOT ?
NOUS LUI DEMANDERONS...
EN TOUS CAS, J'Y RETOURNE DEMAIN MATIN !
POURTANT... D'HABITUDE, LA PÉNITENCE, CE N'EST PAS UN MOT QUI FAIT RIRE !
ELLE CONFIE SON CIERGE À SA TANTE, ELLE RETIRE SON CAPULET, ALORS QU'IL FAIT SI FROID...
"...ELLE SE MET À AVANCER SUR LES GENOUX AVEC FACILITÉ, COMME SI ELLE MARCHAIT !"
"ELLE REVIENT VERS LE GAVE... ELLE SEMBLE INTERROGER LA GROTTE...ELLE Y ENTRE..."
23

"...VOILÀ QU'ELLE GRATTE LE SOL, CREUSE UNE SORTE DE CUVETTE..."
"...ELLE REPOUSSE DE L'EAU BOUEUSE PAR 3 FOIS !!..."
"...ELLE BOIT ÇA ?..."
OH !
JE RÊVE ? ? ELLE... ELLE SE BARBOUILLE LE VISAGE DE BOUE !!
C'EST CONSTERNANT !
"...ELLE RESSORT, ELLE A PRIS UNE PINCÉE D'HERBE ! UNE SORTE DE CRESSON..."
HOU HOU !
ELLE EST FOLLE !
C'EST UNE CARNAVALADE !
ELLE LA MANGE !!!
"...SA TANTE VEUT LUI ESSUYER LA FIGURE, BERNADETTE NE S'Y PRÊTE PAS ...ELLE REÇOIT UNE GIFLE ! ..."
ÇA NE LA DÉRANGE PAS...ELLE EMBRASSE LE SOL !! DEVIENDRAIT-ELLE FOLLE ?
C'EST PITOYABLE !! ALLONS-NOUS EN !
JE RÊVE !...UN CAUCHEMAR... C'EST...C'EST...
TU NOUS AVAIS PROMIS LA GRANDE RACHEL ET TU NOUS AS EMMENÉ VOIR UNE PETITE "MERDEUSE" !
24

LE LENDEMAIN 26 FÉVRIER...
AVANT-HIER, LA DAME LUI A PARLÉ DE "PÉNITENCE" ...IL EST VRAI QUE NOUS SOMMES EN CARÊME...
ALORS, LA PÉNITENCE, C'EST QUOI ?
FAIRE PÉNITENCE... C'EST PEUT ÊTRE AUSSI SE CONVERTIR!
...ET HIER, BERNADETTE MANGE UNE HERBE, SE LAVE À L'EAU BOUEUSE...
AU FAIT !?... D'OÙ VIENT CETTE EAU ?
ET QUE DEVIENT CETTE EAU ?
UNE SOURCE !!
25

* ZACHARIE CHAPITRE 13 VERSET 1.

MADEMOISELLE PENNE ! ...EN COMPAGNIE DE MA CHÈRE SŒUR !...
MON AMIE A DES CHOSES ÉTONNANTES À TE RACONTER...
PAS ICI, ALLONS VERS LE FORT !
?! HUM ! MYSTÈRE, MYSTÈRE !
J'AI FAIT VENIR BERNADETTE CHEZ MOI, LE SOIR MÊME DU 24...
...POUR QU'ELLE M'EXPLIQUE LES MYSTÉRIEUX SIGNES DE TÊTE. VOUS SAVEZ : OUI, NON !!!
"...LA DAME LUI AVAIT DEMANDÉ, AVEC UN VISAGE TRISTE, SI ELLE VOULAIT PRIER POUR LES PÊCHEURS, SI ELLE VOULAIT ALLER À GENOUX EN PÉNITENCE POUR LES PÊCHEURS. À TOUTCELA BERNADETTE AVAIT RÉPONDU OUI."
ALORS LA DAME LUI A DEMANDÉ SI ÇA L'ENNUIERAIT DE BAISER LA TERRE POUR LES PÊCHEURS, ET BERNADETTE AVAIT RÉPONDU NON.
...ET SI ÇA L'ENNUIERAIT DE MANGER UNE HERBE ...CETTE IDÉE A BEAUCOUP FAIT RIRE BERNADETTE !
MAIS COMME ELLE COMMENÇAIT À LE FAIRE, LE CRI ET L'ÉVANOUISSEMENT DE SA TANTE LUCIE ONT INTERROMPU L'EXERCICE DE BERNADETTE AINSI QUE LA VISION.
JE COMMENCE À COMPRENDRE !
ET VOUS L'AVEZ VUE RIRE ?
TOUT LE MONDE L'A VUE. LORSQUE BERNADETTE EUT REGAGNÉ SA PLACE ORDINAIRE ET FIXÉ DE NOUVEAU LE CREUX DU ROCHER...
...ELLE ÉCLATA EN RIRES D'UNE GRANDE SUAVITÉ QUI RÉPONDAIT SANS DOUTE À QUELQUE CHOSE D'AGRÉABLE QUE LUI DISAIT LA VISION.
27

MAIS OUI, BERNADETTE SEMBLAIT RIRE AUX ÉCLATS, PRESQU'AU POINT DE NE PLUS POUVOIR RESPIRER...
...BERNADETTE N'OBÉISSAIT PAS MÉCANIQUEMENT À DES "ORDRES". ELLE A DONNÉ SON ACCORD. ELLE A ACCOMPLI LIBREMENT CES GESTES ÉTRANGES...
ET LE LENDEMAIN, BERNADETTE A REPRIS L'EXERCICE INTERROMPU LA VEILLE !
ELLE MARCHE SUR LES GENOUX, SE BARBOUILLE LA FIGURE, MANGE UNE HERBE...
VOILÀ CE QUE BERNADETTE RACONTE : AQUERO M'A DIT : "ALLEZ BOIRE À LA FONTAINE ET VOUS Y LAVER."
NE VOYANT PAS L'EAU, J'ALLAIS AU GAVE. MAIS ELLE M'A FAIT SIGNE AVEC LE DOIGT D'ALLER SOUS LA ROCHE !
J'AI TROUVÉ UN PEU D'EAU COMME DE LA BOUE : SI PEU, QUE JE POUVAIS À PEINE EN PRENDRE AU CREUX DE LA MAIN.
TROIS FOIS, JE L'AI JETÉE, TELLEMENT ELLE ÉTAIT SALE. À LA QUATRIÈME FOIS, J'AI PU.
MAIS POURQUOI T'A-T-ELLE DEMANDÉ CELA ?
ELLE NE ME L'A PAS DIT !
28

ELLE M'A DIT DE MANGER DE L'HERBE QUI ÉTAIT AUPRÈS DE LA SOURCE. J'EN AI PRIS UNE PETITE POIGNÉE ET JE L'AI AVALÉE.
QUE T'A DIT LA DAME ?
ELLE M'A REMERCIÉE EN RIANT BIEN GRACIEUSEMENT.
ELLE A RI ! TOUS CES RIRES ME PLAISENT, CELA DONNE ENVIE DE SE CONVERTIR ET DE PRIER POUR LES AUTRES ! ÇA RESPIRE !
JE NE SAIS PAS SI LES GENS COMPRENDRONT...
CE N'EST PAS TOUT !
EN RECONDUISANT BERNADETTE À LA VILLE, MLLE PEYRARD, VOULAIT S'ASSURER SI, EN MONTANT À GENOUX LA PENTE ROCAILLEUSE QU'ELLE AVAIT PARCOURUE, L'ENFANT NE S'ÉTAIT PAS ÉCORCHÉE LES GENOUX.
RIEN N'Y PARAISSAIT, PAS MÊME UN BRIN DE TERRE OU DE BOUE !
ET VOUS SAVEZ COMBIEN IL Y EN AVAIT CE JOUR-LÀ ! IL AVAIT PLU TOUTE LA NUIT, ET JE SUIS RENTRÉE À LA MAISON CROTTÉE JUSQU'AUX OREILLES.
ET DIRE QUE C'EST BERNADETTE QU'ON APPELAIT " PETITE MERDEUSE " !
29

LE LENDEMAIN SAMEDI 27 FÉVRIER.
POSTES IMPE
C'EST UNE PLAISANTERIE, DOCTEUR ?
TIENS ! LE DOCTEUR DOZOUS CHEZ JACOMET ?
¡IMPOSSIBLE !
AH, C'EST VOUS ! ÉCOUTEZ ÇA... LE DOCTEUR VIENT DE... DITES-LE VOUS-MÊME, DOCTEUR !
JE VIENS DE CONSTATER LA GUÉRISON INEXPLICABLE D'UNE AMAUROSE INCURABLE. VOILÀ !
UNE AMOUREUSE INCURABLE ?
UNE A-MAU-ROSE : PERTE DE LA VISION QUI SURVIENT À LA SUITE D'UNE LÉSION CORTICALE OU RÉTINIENNE.
LA VISION ?! C'EST... C'EST UN CARRIER QUI EST GUÉRI ?
?!
EN EFFET, MAIS... ?! COMMENT LE SAVEZ-VOUS ?
J'AI VU SA FILLE À LA SOURCE, HIER...
ELLES S'ENTENDENT BIEN, C'EST SÛR !
30

ÇA PROUVE SEULEMENT QUE VOTRE ÂMEROSE N'ÉTAIT PAS INCURABLE, DOCTEUR !
AMAUROSE ! JE SOIGNE LES YEUX DE CET OUVRIER BOURIETTE DEPUIS PLUSIEURS ANNÉES ! MOI NON PLUS JE N'Y CROYAIS PAS !!
ON NE GUÉRIT PAS AVEC DE L'EAU FRAÎCHE ! MÊME PAS ANALYSÉE ! À PEINE SORTIE DE... JE NE SAIS OÙ !!
JEANNE CRASSUS !
EH BIEN, MA CHÈRE ? QUE...
JEANNE CRASSUS ! SA PARALYSIE DE LA MAIN ... DISPARUE !
QUOI ?
10 ANS COMME ÇA...
ELLE PLONGE LA MAIN DANS LA SOURCE ... GUÉRIE !
OÙ VAS-TU ??
CHEZ LE PROCUREUR IMPÉRIAL !
MAIS ON EST SAMEDI !!
URGENCE ! IL Y A URGENCE !!
31

UN AVEUGLE QUI VOIT ! ÇA DÉPASSE LES BORGNES ! HEU... LES BORNES !
MAIRIE
JE DIRAI MÊME PLUS, UNE PARALYSÉE, ÇA DOIT S'ANALYSER !
JE L'AI INTERROGÉE HIER, IMPOSSIBLE DE LA METTRE EN CONTRADICTION, ELLE EST TRÈS FORTE !
N'EST-CE PAS ? TRÈS TRÈS FORTE !
INTERDIRE L'ACCÈS DE LA GROTTE ? UN ARRÊTÉ MUNICIPAL ? HUM...
C'EST DÉLICAT... JE NE SUIS PAS CERTAIN QUE CE SOIT OPPORTUN... ATTENDONS !
DES RUMEURS DE GUÉRISONS ? APRÈS TOUT, CE N'EST PAS SI MAL POUR LA VILLE ! UNE STATION THERMALE CRÉERAIT DES EMPLOIS...
MAIS... ! PRÈS DE 1000 PERSONNES CE MATIN ! IL Y A TROUBLE À L'ORDRE PUBLIC !
TROUBLE, TROUBLE !! TANT QUE L'EAU EST TROUBLE, CERTES ! METTONS-Y DE L'ORDRE ET CETTE EAU VA SURTOUT GUÉRIR... LES FINANCES DE NOTRE VILLE !...FINANCES QUI SONT BIEN MALADES, OUI !
JE DEMANDE UNE EXPERTISE DE CETTE EAU !
GRÂCE À LA SCIENCE, LE MONDE ENTIER CONNAÎTRA BIENTÔT L'EAU DE LOURDES ! EST-CE CLAIR ?
COMME DE L'EAU DE ROCHE, MONSIEUR LACADÉ !
LE MONDE ENTIER !! COMPLÈTEMENT IRRATIONNEL !
Eau Lacadé
Eau Lacadé
Lourdes
32

3 JOURS PLUS TARD : LE MARDI 2 MARS À L'AUBE.
BRAVO À MONSIEUR LE MAIRE LACADÉ ! IL REFUSE DE FAIRE INTERDIRE L'ACCÈS À LA GROTTE. RÉSULTAT : 1500 PERSONNES HIER ! ET LES GENDARMES DE TARBES CROIENT UTILE DE SE MÊLER DE NOS AFFAIRES !
CE MATIN ENCORE PLUS ! J'Y ÉTAIS. ELLE EST ALLÉE DIRE À SON CONFESSEUR, L'ABBÉ POMIAN, UN MESSAGE AU SUJET D'UNE CHAPELLE ET D'UNE PROCESSION...
POUR QUAND LA... PROCESSION ? PFFF...
PAS DE DATE !
MAIS ELLE DEMANDAIT QUE LES PRÊTRES VIENNENT (ILS SONT LES SEULS ABSENTS !) ET DONC HEU... EN PROCESSION !
UNE PROCESSION POUR JEUDI ? PAS QUESTION !
?
POURQUOI JEUDI ?
CETTE DATE N'ÉTAIT PAS DANS LE MESSAGE ! CES BONNES FEMMES ONT INVENTÉ ÇA !
IL FAUT TOUJOURS QUE LES GENS EN RAJOUTENT !
UNE RUMEUR CIRCULE À PROPOS DE CE JEUDI, LA FIN DE LA QUINZAINE...
HIER, LE JUGE D'INSTRUCTION LUI A INTERDIT D'Y RETOURNER. ELLE A RÉPONDU : " J'AI PROMIS D'Y ALLER 15 JOURS, JUSQU'À JEUDI. "
VOILÀ ! ET, DU COUP, DES LOURDAIS ONT PEUR POUR JEUDI... ILS CRAIGNENT UN TREMBLEMENT DE TERRE, OU UNE CHOSE DE CE GENRE...
PLANQUEZ-VOUS ET TÂCHEZ D'ENTENDRE CE QU'ELLE VA RACONTER AU CURÉ.
VOUS ME FEREZ VOTRE RAPPORT !!
UN TREMBLEMENT DE TERRE ? APRÈS-DEMAIN ?
ET POURQUOI PAS UN NOUVEAU DÉLUGE PENDANT QUE VOUS Y ÊTES ?
?
33

ALORS DÉSORMAIS, IL Y A ICI DEUX SORTES DE CLIENTS...
CEUX QUI NE CROIENT PAS AUX APPARITIONS, ET CEUX QUI ONT PEUR DE LA COLÈRE DU CIEL !
MAIS OÙ AVEZ-VOUS ÉGARÉ VOTRE INTELLIGENCE ? QUELLE IDÉE AVEZ-VOUS DE DIEU POUR CROIRE QU'IL EST RESPONSABLE DES CATACLYSMES ? VOUS PEIGNEZ UNE CARICATURE ! DIEU N'EST PAS ZEUS !
ET VOUS AUTRES, LES RICANEURS ! ÇA VOUS FAIT RIRE CES HISTOIRES DE GROTTE ? VOUS N'Y CROYEZ PAS À CES GUÉRISONS ? EH BIEN, RESTEZ DANS VOTRE OBSTINATION ! FERMEZ LES YEUX ! REFUSEZ L'ÉVIDENCE !
ET SURTOUT, DU HAUT DE VOTRE CONFORT SÉCURISÉ, MOQUEZ-VOUS DE CETTE ENFANT ILLETTRÉE QUI IGNORE VOS CONCEPTS PHILOSOPHIQUES KANTIENS ET VOS CERTITUDES POSITIVISTES ! SA SAGESSE EST PLUS LIMPIDE.
BERNADETTE EST LA SEULE À LIRE LES PARTITIONS DU CIEL ET SA MUSIQUE VOUS INVITE TOUS !
COMME ELLE INVITE LES PRÊTRES À NOUS REJOINDRE ! ... PAS EN CACHETTE, MAIS EN PROCESSION !... IL SERAIT TEMPS QU'ILS VIENNENT VOIR COMMENT DEUX JEUNES FILLES INATTENDUES, IMPRÉVISIBLES, PEUVENT CHANGER LE MONDE !
...DEUX JEUNES FILLES DONT L'UNE EST " PLUS JEUNE QUE LE PÉCHÉ " !
BON APPÉTIT, MESSIEURS, Ô CITOYENS INTÈGRES !
34

CHANGER LE MONDE ? VOUS... VOUS CROYEZ ?
CHANGER CEUX QUI SERONT PRÊTS À ENTRER DANS LA DANSE ! LE CIEL N'A JAMAIS OBLIGÉ PERSONNE !
MAIS LE CIEL EST SOUVENT ... DIFFICILE À CROIRE !
DIFFICILE ? MAIS PAS IMPOSSIBLE.
PAR CE GENRE DE SIGNES, DIEU NOUS MONTRE QU'IL EST PLUS PROCHE DE NOUS QU'ON NE LE CROIT.
QUE DIT BERNADETTE DE CETTE DAME ? ELLE A LE MÊME ÂGE QU'ELLE ! LE MÊME ÂGE ! IL N'Y A PAS D'UN COTÉ, L'ÉLÈVE ET DE L'AUTRE, LA MAITRESSE ! IL Y A DEUX ADOLESCENTES QUI RIENT ENSEMBLE !
PENDANT CE TEMPS...
AH, LA VOILÀ AVEC SA TANTE BASILE !
C'EST TOI QUI VAS À LA GROTTE ?
OUI, MONSIEUR LE CURÉ.
ET TU DIS QUE TU VOIS LA SAINTE VIERGE ?
JE N'AI PAS DIT QUE C'EST LA SAINTE VIERGE.
ET POURTANT TOUS CEUX QUE TU FAIS COURIR APRÈS TOI LE DISENT QUE C'EST LA SAINTE VIERGE. ALORS QU'EST-CE QUE TU VOIS ?
JE VOIS QUELQUE CHOSE QUI RESSEMBLE À UNE DAME.
...MONSIEUR LE CURÉ, "AQUERO" DEMANDE QU'ON VIENNE À LA GROTTE EN PROCESSION.
MENTEUSE ! COMMENT VEUX-TU QUE JE COMMANDE UNE PROCESSION ? C'EST MONSEIGNEUR L'ÉVÊQUE QUI DÉCIDE DES PROCESSIONS. TA VISION DEVRAIT LE SAVOIR. ET POUR QUAND LA VEUT-ELLE CETTE PROCESSION ? C'EST JEUDI QUE TU AS DIT ?
HEU... JE...
35

JE NE SAIS PLUS POUR QUAND.
UN PIÈGE !! LE JEUDI C'EST L'INVENTION DES AUTRES FEMMES ! ELLE PERD PIED, LA PAUVRE !
ET... QU'ELLE T'A DEMANDÉ UNE PROCESSION, TU EN ES BIEN SÛRE ?
JE CROIS.
AH, TU CROIS ! AH, TU N'ES PAS SÛRE ! C'EST MALHEUREUX D'AVOIR UNE PETITE COMME ÇA QUI FAIT COURIR TOUT LE MONDE. EH BIEN, NOUS TE DONNERONS UNE TORCHE ET TU IRAS LA FAIRE TOUTE SEULE TA PROCESSION !
C'EST LA DERNIÈRE FOIS QUE JE VIENS ICI !
S'IL NE VEUT PAS LE CROIRE, QU'IL LE LAISSE ! J'AI FAIT MA COMMISSION.
LA CHAPELLE !! IL FAUT RETOURNER CHEZ MONSIEUR LE CURÉ, J'AI OUBLIÉ DE DIRE POUR LA CHAPELLE.
AH NON ! PAS QUESTION ! IL EST TROP SÉVÈRE !
MARDI 2 MARS VERS 20 H...
FINALEMENT, PAR LA SACRISTINE DE L'ÉGLISE, BERNADETTE A OBTENU UN RENDEZ-VOUS LE SOIR MÊME À 7H.
DEVANT LES PRÊTRES DE LOURDES, ELLE DÉLIVRE SON MESSAGE :" ALLEZ DIRE AUX PRÊTRES DE FAIRE BÂTIR ICI UNE CHAPELLE. "
LA DAME PARLE LE PATOIS ?
COMMENT LE PARLERIONS-NOUS, SI DIEU NE LE PARLAIT PAS ?
CE N'EST PAS LE LANGAGE DE DIEU !
TU NE SAIS TOUJOURS PAS COMMENT ELLE S'APPELLE ? EH BIEN, IL FAUT LE LUI DEMANDER.
CHAQUE FOIS QUE JE LUI DEMANDE, ELLE SOURIT.
36

LE LENDEMAIN MERCREDI 3 MARS VERS 23 H...
ON INSPECTE LA TOTALITÉ DES LIEUX ! 3000 PERSONNES CE MATIN, ÇA DEVIENT... EXPLOSIF ! ET CEUX-LÀ VIENNENT D'AVANCE POUR DEMAIN... LE GRRRRAND JOUR !
S'ILS VEULENT UN TREMBLEMENT DE TERRE, JE SAURAI DÉJOUER LEURS BOMBES ! ET CE SONT LES AGITATEURS QUI VONT TREMBLER !
MALGRÉ SA PEUR DU CURÉ, LA PETITE EST RETOURNÉE LE VOIR CE SOIR ! LE TREMBLEMENT DE TERRE, C'EST ELLE QUI SE LE REÇOIT DANS LA FIGURE !
FAUT DIRE QU'IL N'EST PAS COMMODE LE CURÉ PEYRAMALE !
ELLE A BIEN DU CRAN, LA PETITE ! IL REFUSE LA PROCESSION TANT QUE LE ROSIER NE FLEURIT PAS ! ET LES GENS SONT INQUIETS...
VOUS CROYEZ QUE LE ROSIER, LÀ, POURRAIT FLEURIR PAR CE FROID ? BIENTÔT MINUIT... ESTRADE M'ASSURE QU'IL NE VA PAS Y AVOIR DE TREMBLE...
BAOUM... PAW BOUM !! CLANG ! BANG !
HEIN ??
?
QU'EST-CE QUE ??
ESCADRONS D'ARGELÈS ET DE SAINT-PÉ EN RENFORTS ! DÉSOLÉ COMMISSAIRE, LE CHARIOT DE MATÉRIEL A VERSÉ DANS LE FOSSÉ.
BRAVO POUR LA DISCRÉTION ! VOUS VOULEZ FAIRE PEUR À LA DAME ! DÉJÀ CE MATIN, ELLE N'EST PAS VENUE...
?? VOUS EN PARLEZ COMME SI VOUS Y CROYIEZ !!
PAS DU TOUT ! LE... LA... LA POLICE EST IMPARTIALE ! LAISSEZ LA POLICE FAIRE SON TRAVAIL !
N'EMPÊCHE QUE SI LA PETITE FAISAIT SEMBLANT, ELLE POURRAIT FEINDRE CHAQUE JOUR... POURQUOI DIT-ELLE QU'ELLE N'A PAS VU LA DAME CE MATIN ?
37

JEUDI 4 MARS.
IL EST 7H DU MATIN, MES HOMMES ONT COMPTÉ PLUS DE 8000 PERSONNES, ET TOUJOURS PAS DE BERNADETTE !
LA VOILÀ !
OUF ! LA VOILÀ !
COMMISSAIRE, VOTRE CHAPEAU !
COMMENT ?
DÉCOUVREZ-VOUS !
PLUS TARD...
AU BOUT D'UNE DEMI-HEURE, BERNADETTE SE REND SOUS LA CAVITÉ, LIEU HABITUEL DES CONVERSATIONS AVEC LA DAME. SES LÈVRES REMUENT, MAIS ON N'ENTEND RIEN... COMME D'HABITUDE...
ON S'HABITUE VITE, HEIN ? BON. ELLE RESTE LÀ, JOYEUSE, DURANT 2 MINUTES, PUIS REPREND SA PLACE, REPREND LE CHAPELET PENDANT UN QUART D'HEURE, ÉTEINT SON CIERGE ET S'EN VA SANS RIEN DIRE.
CETTE FOULE ! ÇA M'ÉTONNERAIT QUE LA FAMILLE NE TIRE PAS PROFIT DE TOUT ÇA ! ILS REÇOIVENT DE L'ARGENT, C'EST SÛR !
JE VOUS PARIE QUE NON !
MAIS PAS DE MIRACLE, PAS DE RÉVÉLATION, ET PAS DE TREMBLEMENT DE TERRE !
ET GRÂCE À VOTRE SERVICE D'ORDRE : PAS D'INCIDENT ! CE QUI RELÈVE DE L'EXPLOIT, COMMISSAIRE !
PSST, PETIT ! VA DONNER CETTE PIÈCE AUX SOUBIROUS !
ILS EN VEULENT PAS. J'LE SAIS !
VAS-Y QUAND MÊME ! TU DIRAS QUE ÇA VIENT D'UNE DAME DE LA PAROISSE !
POUVEZ-VOUS BÉNIR CES CHAPELETS ?
QU'EST-CE QU'IL Y AURA DE PLUS ? JE NE SUIS PAS PRÊTRE !
UN CADEAU POUR VOUS !
VA VITE LA RENDRE, ÇA BRÛLE LA MAIN !
38

TROIS SEMAINES PLUS TARD : LE JEUDI 25 MARS...
QUE SOY ERA...
...IMMACULATA CONCEPCIOU
IMMACULATA...
DILING DILING DILING
QUE SOY ERA IMMACULATA CONCEPCIOU !
?
??! QUOI ? TU ES... SÛRE... ? ...L'IMMACULÉE CONCEPTION ?
...LA DAME ? ELLE NE PEUT PAS PORTER CE NOM !
SAIS-TU CE QUE ÇA VEUT DIRE ?
NON.
ALORS, COMMENT PEUX-TU LE DIRE, SI TU N'AS PAS COMPRIS ?
J'AI RÉPÉTÉ TOUT AU LONG DU CHEMIN.
MAIS ALORS, MAIS ALORS, C'EST BIEN NOTRE-DAME !
ELLE DEMANDE TOUJOURS LA CHAPELLE !
RENTRE CHEZ TOI, JE TE VERRAI UN AUTRE JOUR.
39

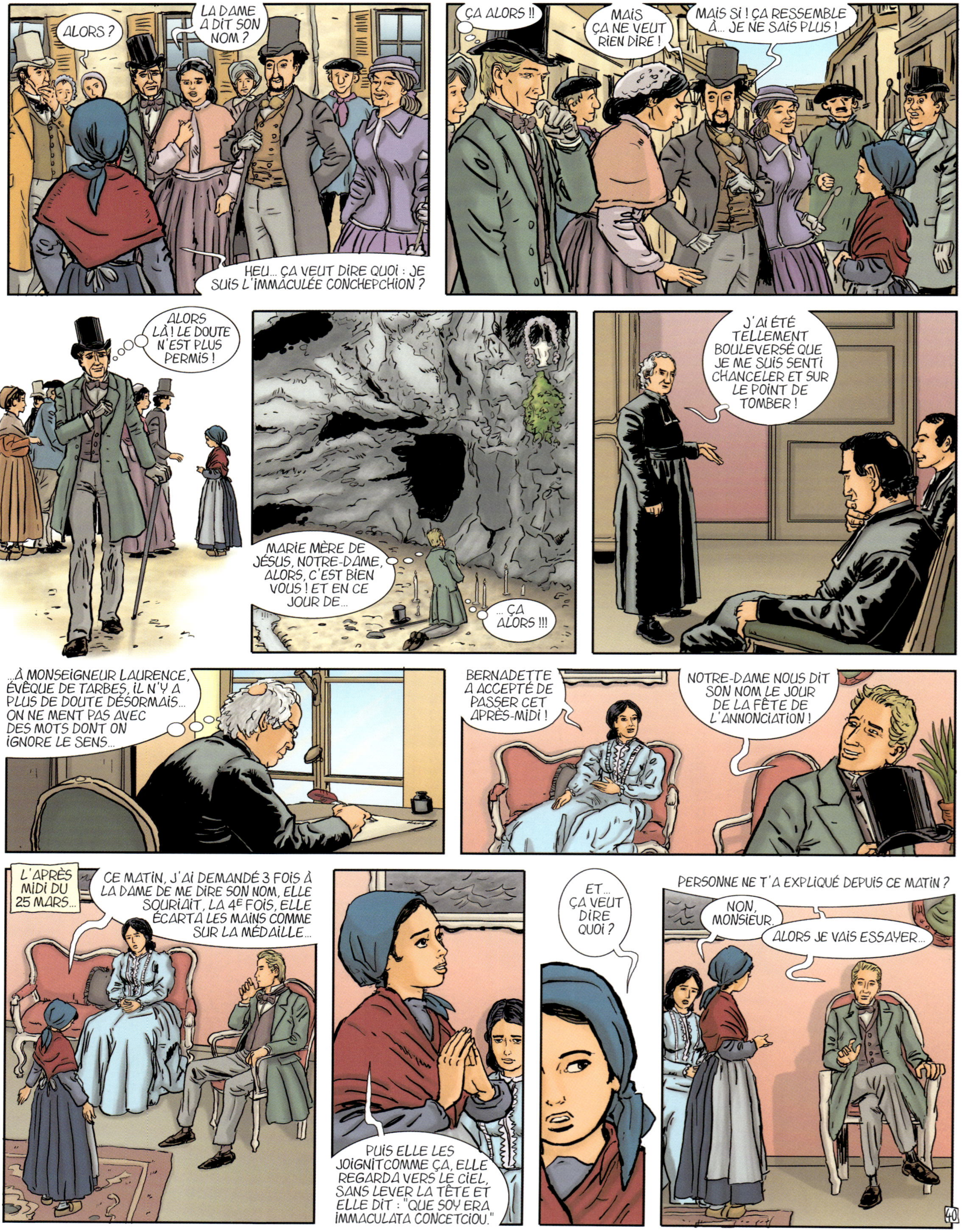
ALORS ?
LA DAME A DIT SON NOM ?
HEU... ÇA VEUT DIRE QUOI : JE SUIS L'IMMACULÉE CONCHEPCHION ?
ÇA ALORS !!
MAIS ÇA NE VEUT RIEN DIRE !
MAIS SI ! ÇA RESSEMBLE À... JE NE SAIS PLUS !
ALORS LÀ ! LE DOUTE N'EST PLUS PERMIS !
MARIE MÈRE DE JÉSUS, NOTRE-DAME, ALORS, C'EST BIEN VOUS ! ET EN CE JOUR DE...
... ÇA ALORS !!!
J'AI ÉTÉ TELLEMENT BOULEVERSÉ QUE JE ME SUIS SENTI CHANCELER ET SUR LE POINT DE TOMBER !
...À MONSEIGNEUR LAURENCE, ÉVÊQUE DE TARBES, IL N'Y A PLUS DE DOUTE DÉSORMAIS... ON NE MENT PAS AVEC DES MOTS DONT ON IGNORE LE SENS...
BERNADETTE A ACCEPTÉ DE PASSER CET APRÈS-MIDI !
NOTRE-DAME NOUS DIT SON NOM LE JOUR DE LA FÊTE DE L'ANNONCIATION !
L'APRÈS MIDI DU 25 MARS...
CE MATIN, J'AI DEMANDÉ 3 FOIS À LA DAME DE ME DIRE SON NOM, ELLE SOURIAIT, LA 4E FOIS, ELLE ÉCARTA LES MAINS COMME SUR LA MÉDAILLE...
PUIS ELLE LES JOIGNIT COMME ÇA, ELLE REGARDA VERS LE CIEL, SANS LEVER LA TÊTE ET ELLE DIT : "QUE SOY ERA IMMACULATA CONCETCIOU."
ET... ÇA VEUT DIRE QUOI ?
PERSONNE NE T'A EXPLIQUÉ DEPUIS CE MATIN ?
NON, MONSIEUR.
ALORS JE VAIS ESSAYER...
40

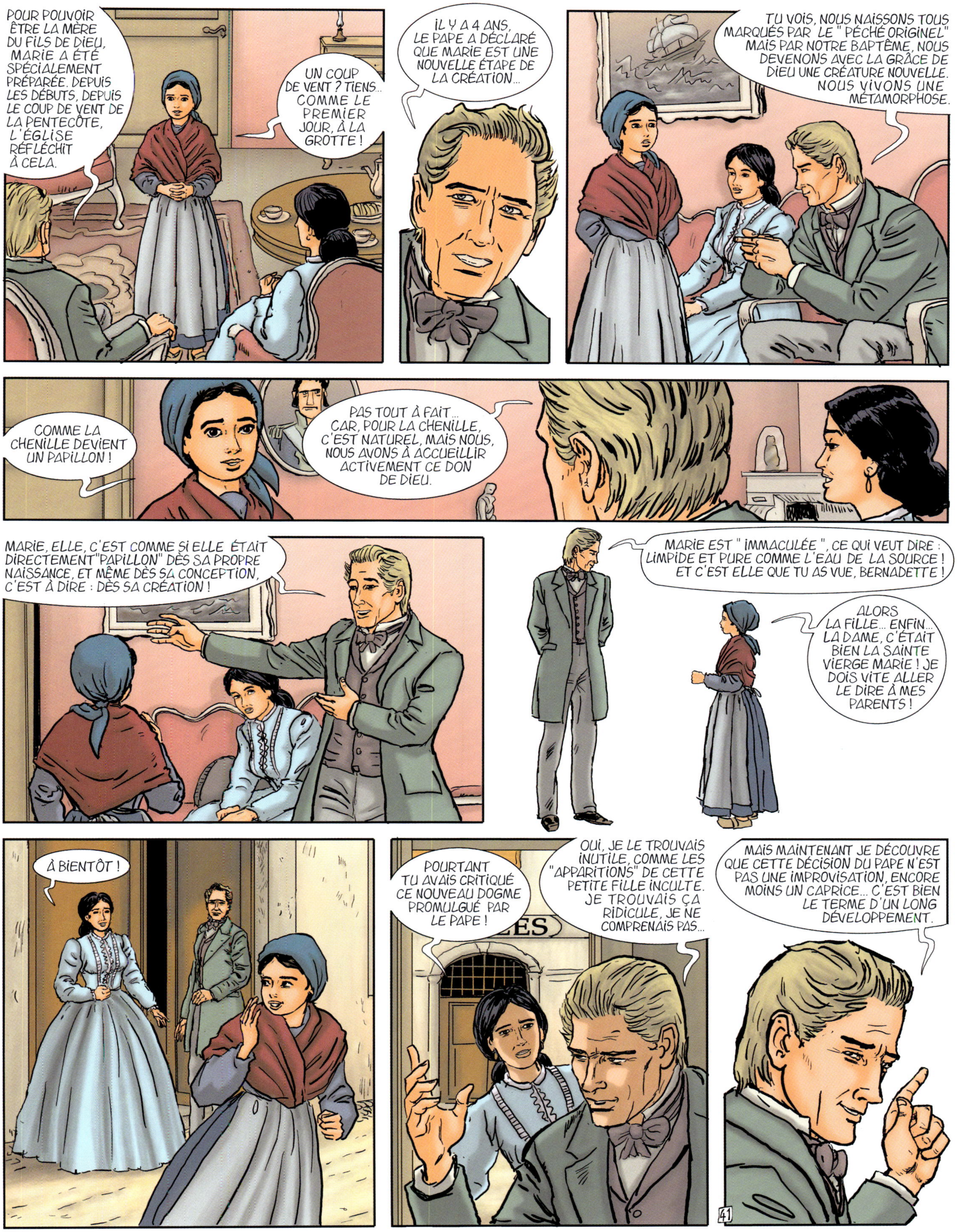
POUR POUVOIR ÊTRE LA MÈRE DU FILS DE DIEU, MARIE A ÉTÉ SPÉCIALEMENT PRÉPARÉE. DEPUIS LES DÉBUTS, DEPUIS LE COUP DE VENT DE LA PENTECÔTE, L'ÉGLISE RÉFLÉCHIT À CELA.
UN COUP DE VENT ? TIENS... COMME LE PREMIER JOUR, À LA GROTTE !
IL Y A 4 ANS, LE PAPE A DÉCLARÉ QUE MARIE EST UNE NOUVELLE ÉTAPE DE LA CRÉATION...
TU VOIS, NOUS NAISSONS TOUS MARQUÉS PAR LE " PÉCHÉ ORIGINEL" MAIS PAR NOTRE BAPTÊME, NOUS DEVENONS AVEC LA GRÂCE DE DIEU UNE CRÉATURE NOUVELLE. NOUS VIVONS UNE MÉTAMORPHOSE.
COMME LA CHENILLE DEVIENT UN PAPILLON !
PAS TOUT À FAIT... CAR, POUR LA CHENILLE, C'EST NATUREL, MAIS NOUS, NOUS AVONS À ACCUEILLIR ACTIVEMENT CE DON DE DIEU.
MARIE, ELLE, C'EST COMME SI ELLE ÉTAIT DIRECTEMENT "PAPILLON" DÈS SA PROPRE NAISSANCE, ET MÊME DÈS SA CONCEPTION, C'EST À DIRE : DÈS SA CRÉATION !
MARIE EST " IMMACULÉE ", CE QUI VEUT DIRE : LIMPIDE ET PURE COMME L'EAU DE LA SOURCE ! ET C'EST ELLE QUE TU AS VUE, BERNADETTE !
ALORS LA FILLE... ENFIN... LA DAME, C'ÉTAIT BIEN LA SAINTE VIERGE MARIE ! JE DOIS VITE ALLER LE DIRE À MES PARENTS !
À BIENTÔT !
POURTANT TU AVAIS CRITIQUÉ CE NOUVEAU DOGME PROMULGUÉ PAR LE PAPE !
OUI, JE LE TROUVAIS INUTILE, COMME LES "APPARITIONS" DE CETTE PETITE FILLE INCULTE. JE TROUVAIS ÇA RIDICULE, JE NE COMPRENAIS PAS...
MAIS MAINTENANT JE DÉCOUVRE QUE CETTE DÉCISION DU PAPE N'EST PAS UNE IMPROVISATION, ENCORE MOINS UN CAPRICE... C'EST BIEN LE TERME D'UN LONG DÉVELOPPEMENT.
41

PLUSIEURS SEMAINES PLUS TARD...
IL S'EN EST ENCORE PASSÉ DES CHOSES PENDANT QUE TU ÉTAIS CHEZ NOS PARENTS, À PAU !
LE 7 AVRIL, DEVANT UN MILLIER DE PERSONNES, LE DOCTEUR DOZOUS A PU CONSTATER LUI-MÊME QUE LA MAIN DE BERNADETTE N'ÉTAIT PAS BRÛLÉE PAR UNE FLAMME PENDANT QU'ELLE VOYAIT NOTRE-DAME.
UNE FLAMME ?
"...ELLE NE SENTAIT PAS LA FLAMME DE SON CIERGE SUR SA MAIN ! ET ON NE VERRA ENSUITE AUCUNE TRACE DE BRÛLURE SUR SA PEAU, COMME S'IL N'Y AVAIT RIEN EU !.."
C'EST INCROYABLE !!
LE DOCTEUR A PU CONSTATER LA GUÉRISON DE CATHERINE LATAPIE ET BON NOMBRE D'AUTRES GUÉRISONS INEXPLICABLES, GRÂCE À L'EAU DE LA SOURCE...
BIENTÔT LA STATION THERMALE DE MONSIEUR LE MAIRE !
DANS SES RÊVES ! CAR LA DERNIÈRE ANALYSE A RUINÉ SES ESPOIRS : CETTE EAU N'A STRICTEMENT AUCUNE VERTU MINÉRALE...
...MAIS ELLE EST POTABLE !
EN ATTENDANT, CE SONT LES CARRIERS ET LES ARTISANS DE LOURDES QUI SE SONT MIS À AMÉNAGER BÉNÉVOLEMENT LES ABORDS DE LA SOURCE, AINSI QU'UN CHEMIN QUI SERPENTE...
ET BERNADETTE ??
"...ELLE NE VA PLUS À LA GROTTE. DÉSORMAIS, LE PROBLÈME C'EST LA FOULE, QUI AFFLUE TOUJOURS, MALGRÉ LES BARRIÈRES QUI INTERDISENT L'ACCÈS À LA SOURCE INTERDITE. CE PAUVRE COMMISSAIRE A DÛ ENLEVER TOUS LES CIERGES ET TOUTES LES STATUES DE PLÂTRE INSTALLÉS PAR LES GENS..."
ET POURQUOI DONC ?
"...LIEU DE CULTE NON AUTORISÉ !.."
LAISSEZ LA POLICE FAIRE SON TRAVAIL !!!
42

LES JOURNAUX SE MOQUENT ENCORE DE BERNADETTE : L'ÈRE IMPÉRIALE "REGRETTE QU'ON N'AIT PAS ENVOYÉ LA PRÉTENDUE SAINTE DE 11 ANS COMME MALADE, À L'HOSPICE" !
D'AILLEURS, LES AUTORITÉS ONT ENVISAGÉ DE LE FAIRE. MAIS L'ABBÉ PEYRAMALE SOUTIENT NOTRE AMIE...
ALLEZ DONC DIRE AU PRÉFET QUE SES GENDARMES AURONT À ME PASSER SUR LE CORPS, AVANT DE TOUCHER UN SEUL CHEVEU DE CETTE ENFANT !
MAIS CES GUÉRISONS, LA SCIENCE LES EXPLIQUERA UN JOUR !
EN ATTENDANT, ELLES SOULAGENT BIEN DES SOUFFRANCES !
ET SURTOUT CES GUÉRISONS PHYSIQUES NE SONT QUE LA PARTIE VISIBLE DE CE QUI SE PASSE DANS LES CŒURS...
L'ABBÉ PEYRAMALE ME L'A CONFIÉ : DEPUIS LE DÉBUT, IL A SU, DANS LE SECRET DE LA CONFESSION, QUE BEAUCOUP DE CONVERSIONS AVAIENT LIEU ICI. JE NE SAIS PAS SI LA SCIENCE L'EXPLIQUERA...
MAIS TU NE POURRAS PAS CONVAINCRE LES INCROYANTS !
"...COMME RÉPONDAIT BERNADETTE AUX AUTORITÉS : ..."
JE NE SUIS PAS CHARGÉE DE VOUS CONVAINCRE, JE SUIS CHARGÉE DE VOUS LE DIRE !
LA QUESTION N'EST PAS DE SAVOIR SI NOUS CROYONS AU SURNATUREL OU PAS. ELLE EST DE SAVOIR SI LE SURNATUREL EXISTE, OUI OU NON.
L'ÉGLISE A TOUJOURS AFFIRMÉ QUE LA RAISON EST CAPABLE DE CONDUIRE À DIEU TOUT CHERCHEUR.
43

LE 16 JUILLET, BERNADETTE A VU MARIE POUR LA DERNIÈRE FOIS...
APRÈS PLUS DE 3 MOIS, RÉPONDANT À UN NOUVEL APPEL INTÉRIEUR, ELLE ATTEND LE SOIR. IL Y AVAIT LES BARRIÈRES !
ELLE FAIT LE TOUR PAR LA RIVE DROITE DU GAVE, ET SE MET À GENOUX, INCOGNITO, AVEC SA TANTE LUCILLE, AU MILIEU DE LA PRAIRIE DE LA RIBÈRE.
EN LA REGARDANT, JE PENSE À CE PASSAGE BIBLIQUE OÙ LE PROPHÈTE ÉZÉCHIEL EST CONDUIT VERS UNE SOURCE IMPRÉVISIBLE*...
*ÉZÉCHIEL 47.
" IL ME RAMENA À L'ENTRÉE DU TEMPLE, ET VOICI QUE DE L'EAU SORTAIT DE DESSOUS LE SEUIL DU TEMPLE, VERS L'ORIENT, CAR LE TEMPLE ÉTAIT TOURNÉ VERS L'ORIENT..."
"...IL ME FIT TRAVERSER LE COURS D'EAU, J'AVAIS DE L'EAU JUSQU'AUX CHEVILLES. IL MESURA ENCORE MILLE COUDÉES, J'AVAIS DE L'EAU JUSQU'AUX GENOUX, PUIS JUSQU'AUX REINS. IL EN MESURA ENCORE MILLE ET C'ÉTAIT UN TORRENT QUE JE NE PUS TRAVERSER, CAR L'EAU AVAIT GROSSI POUR DEVENIR UNE EAU PROFONDE, UN FLEUVE INFRANCHISSABLE..."
"AU BORD DU TORRENT, SUR CHACUNE DE SES RIVES, CROÎTRONT TOUTES SORTES D'ARBRES FRUITIERS DONT LE FEUILLAGE NE SE FLÉTRIRA PAS ET DONT LES FRUITS NE CESSERONT PAS : ILS PRODUIRONT CHAQUE MOIS DES FRUITS NOUVEAUX, CAR CETTE EAU VIENT DU SANCTUAIRE. LES FRUITS SERONT UNE NOURRITURE ET LES FEUILLES UN REMÈDE..."
"...À PEINE LE CHAPELET COMMENCÉ, LE VISAGE DE BERNADETTE S'ÉCLAIRE, COMME CHAQUE FOIS QUE NOTRE-DAME EST LÀ..."
CETTE DERNIÈRE APPARITION AVAIT ÉTÉ SILENCIEUSE, COMME LES PREMIÈRES...
ELLE DIRA : " JE NE VOYAIS NI LES PLANCHES, NI LE GAVE. IL ME SEMBLAIT QUE J'ÉTAIS À LA GROTTE, SANS PLUS DE DISTANCE QUE LES AUTRES FOIS. JE NE VOYAIS QUE LA SAINTE VIERGE. ELLE ÉTAIT PLUS BELLE QUE JAMAIS !

Que sont-ils devenus ?

Bernadette entre chez les Sœurs de la Charité de Nevers le 7 juillet 1866 et prononce ses vœux le 30 octobre 1867. On lui confie l'infirmerie, « car elle est tout le temps malade ». Ainsi elle restera au service des malades dans la discrétion et la simplicité, jusqu'à la fin de sa vie, le 16 avril 1879. Trente ans plus tard, on constate que son cadavre est en parfait état de conservation. Elle sera déclarée sainte le 8 décembre 1933.

Le commissaire Jacomet a été muté en Avignon : une belle promotion ! Il refusera très courageusement une somme importante (40 000 Francs) proposée par l'écrivain Ernest Renan pour témoigner dans un livre visant à discréditer Lourdes.

Jean-Baptiste Estrade publie son livre *Histoire intime des apparitions* en 1898.

L'Abbé Peyramale fut délégué par son évêque pour suivre les travaux de déblaiement des sables et des graviers déposés par le Gave à chaque crue. Il fit niveler et maçonner le sol et canaliser la source. Il loua le moulin Lacadé pour le confier à François Soubirous.

À la grotte, se livre une véritable « guerre des palissades ». Quatre fois démolies et reconstruites en quatre semaines, Napoléon III ordonnera de supprimer les barrières en octobre 1858 !

La poutre, soi-disant volée par François Soubirous, n'ayant pas été réclamée par son propriétaire, sera utilisée pour renforcer les barrières d'accès à la grotte.

Notre-Dame poursuit sa mission à Lourdes, conduisant beaucoup de personnes à son Fils Jésus. Elle continue d'apporter lumière et espérance de la part de Dieu notre Père dans ce lieu sans avenir, comme dans nos vies. Une statue a été réalisée par le sculpteur Fabish. Mais Bernadette la trouvait trop grande de trente centimètres, trop âgée, trop grave et beaucoup moins jolie que la vraie. « C'est bien beau, mais ce n'est pas elle… Oh non, la différence est comme de la terre au Ciel ! »

La source coule toujours à 12°C depuis 150 ans ! Des études semblent confirmer que Marie n'a pas créé la source, mais l'a révélée. Libérée des cailloux et de la terre qui l'obstruaient depuis des siècles, elle est désormais accessible à tous. Comme dans le livre du prophète Ézéchiel, cette eau apporte la guérison du corps et surtout celle du cœur.

Immaculée

Afin que la mère de son Fils soit toujours libérée de toute faute, Dieu l'a préparée par grâce dès sa création. Proclamé par le pape Pie IX le 8 décembre 1854, ce dogme de l'Immaculée Conception fut en quelque sorte confirmé par Marie à Bernadette.

La chapelle demandée

On construisit d'abord une basilique de 700 places, puis une seconde de 1 500 places en 1889. La basilique Saint-Pie-X construite en 1958 peut accueillir 25 000 personnes. Chaque année, près de 6 millions de pèlerins se rendent à Lourdes.

Les cierges brûlent toujours très nombreux près de la grotte. Quelle que soit leur dimension, leur flamme douce, poétique et chaleureuse est toujours de la même taille.

« Allez vous laver à la fontaine »

Chaque année, 350 000 pèlerins souhaitent être plongés dans l'eau de la source où des bénévoles les accueillent et les aident à prier...

Les miracles

C'est l'Église qui discerne, parmi les 7 000 personnes guéries, celles qui ont fait l'objet d'une « intervention spéciale de Dieu ». Cet examen peut parfois prendre plusieurs dizaines d'années. À ce jour, seules 67 guérisons ont été reconnues comme miraculeuses.

Les guérisons

Dès 1905, le bureau médical enregistre les déclarations de guérison. Tout médecin présent à Lourdes (et pas seulement chrétien) est invité à en faire partie. Celles qui sont considérées « inexpliquées dans l'état actuel des connaissances en médecine » sont transmises au Comité médical international composé d'une vingtaine de membres éminents dans leurs spécialités respectives. La conclusion est transmise à l'évêque du diocèse de la personne guérie. C'est lui qui décide si la guérison est « miraculeuse ». Le bureau médical a constaté 7 000 guérisons sérieuses.

Les malades viennent toujours par milliers. Lourdes est la seule ville du monde où ils ont la première place. Des bénévoles les accompagnent.

Regard

Quand on lui demandait : « Est-ce que Marie ne regardait que toi seule ? » Bernadette répondait : « Oh ! Elle regardait tout le monde, et avec beaucoup d'affection. Parfois, elle semblait considérer les personnes une à une, et pour certaines, son regard s'arrêtait sur elles, comme lorsqu'on retrouve un ami... »